AF610735

ÉCOLE DE SORÈZE

TROIS MOTS

EMPRUNTÉS A L'ÉVANGILE

PAR LA DÉMOCRATIE

DISCOURS

PRONONCÉ A LA DISTRIBUTION DES PRIX

LE 26 JUILLET 1886

PAR M. DOMINIQUE LIGONNET

TOULOUSE

IMPRIMERIE DOULADOURE-PRIVAT

RUE SAINT-ROME, 39

1886

ÉCOLE DE SORÈZE

TROIS MOTS
EMPRUNTÉS A L'ÉVANGILE
PAR LA DÉMOCRATIE

DISCOURS

PRONONCÉ A LA DISTRIBUTION DES PRIX

LE 26 JUILLET 1886

PAR M. DOMINIQUE LIGONNET

TOULOUSE

IMPRIMERIE DOULADOURE-PRIVAT

RUE SAINT-ROME, 39

1886

TROIS MOTS

EMPRUNTÉS A L'ÉVANGILE

PAR LA DÉMOCRATIE

Messieurs,

Dans les fouilles qui se pratiquent au loin, parmi les ruines de l'antiquité, il n'est pas rare de trouver des inscriptions dont les savants ont grand'peine à deviner le sens mystérieux.

Nous n'avons pas besoin d'aller en Egypte ni en Abyssinie pour faire une trouvaille analogue. Au frontispice de nos monuments publics figurent trois mots qui, pour n'être pas gravés en caractères cunéiformes, n'en ont pas moins besoin d'explication, si l'on en juge par la manière contradictoire dont ils sont interprétés.

D'un côté, l'indépendance de mauvais aloi et la

persécution même prennent volontiers cette devise comme mot d'ordre. Que d'actes tyranniques au nom de la liberté! Que d'injustes privilèges sous le couvert de l'égalité! Et, sous prétexte de fraternité, que de procédés inhumains et parfois sanguinaires!

Et pourtant, d'autre part, ces trois mots expriment trois choses très belles : la liberté, qui fait de l'homme une créature morale et supérieure à tous les êtres de la création; l'égalité, qui le maintient à la dignité de son rang; la fraternité, qui réunit l'humanité entière en une vaste et unique famille.

Comment se fait-il que les mêmes termes soient pris par les uns comme un cri de haine et de guerre, par les autres comme un emblème d'amour et de paix?

Évidemment, il y a là un grave défaut d'entente, et il nous paraît bon d'essayer d'apporter la lumière dans cette obscurité. Nous le ferons sans passion, convaincu que la vérité a, par elle-même, une force et un attrait auxquels ses ennemis seuls résistent. Sœur aînée de la bonté et de la beauté éternelle, la vérité n'a qu'à se montrer telle qu'elle est pour charmer les âmes droites et s'en faire aimer.

Peut-être, vous qui êtes des hommes faits, trouverez-vous quelque intérêt à cette modeste étude; à coup sûr, elle ne sera pas inutile à ces enfants qui seront des hommes demain et devront, à leur tour, s'occuper des affaires de leur pays. Puisse leur génération, plus sage que la nôtre, ne pas dissiper follement le meilleur de ses forces en luttes de partis et en stériles disputes !

L'éducateur chrétien préfère se tenir dans la sereine région des principes, communs et nécessaires à toutes les formes de gouvernement. Mais s'il reste volontairement étranger à la question politique, il a le devoir, et, partant, le droit de se préoccuper de la question sociale, c'est-à-dire des conditions de prospérité matérielle et surtout morale de la société. Les égoïstes ou les imprudents, qui croient pouvoir se désintéresser d'une question de vie ou de mort comme celle-ci, feraient bien de méditer sur l'histoire de cette barque dont les matelots, après avoir jeté à l'eau le capitaine, se disputaient furieusement le gouvernail. Pendant ce temps-là, les riches passagers, commodément assis à l'arrière, se riaient de leurs efforts et restaient indifférents à l'issue de la lutte. Personne n'avait pris garde à l'état du ciel. Tout à coup, le vent s'éleva, la mer fut bouleversée par la tempête, et la barque s'engloutit avec tous ceux qui la montaient.

I

Il n'y a peut-être pas, dans toute la langue française, de mot plus élastique que celui de liberté.

Les philosophes nous enseignent que la liberté est cette faculté qu'a l'homme de se décider comme il lui convient. Mais une telle faculté est loin d'être sans limites. Que l'homme soit envisagé seul ou associé avec ses semblables, il a toujours des devoirs en même temps que des droits.

Considéré isolément, l'être raisonnable n'est point son maître absolu. Il dépend de Celui qui lui a donné, avec l'existence, ses belles facultés. En le créant, Dieu lui a assigné une fin et les moyens de l'atteindre : la créature ne saurait se soustraire à la volonté du Créateur, et ainsi la liberté individuelle se trouve limitée par la loi divine.

Vivant en société, l'homme contracte de nouvelles obligations. Il est libre de sa personne et de ses actes, mais seulement dans la mesure où sa liberté n'empiète pas sur celle d'autrui. La liberté de mon voisin est la limite de ma propre liberté. L'État est chargé de veiller sur ces délicates frontières et de les faire respecter à l'aide des lois. Ainsi, de même que la liberté individuelle est limitée par la loi divine, de même la loi humaine délimite la liberté civile; et nous pouvons, dès lors, comparer la liberté à un fleuve qui coule entre deux rives, la loi divine et la loi humaine. Tant que les eaux de ce fleuve respectent ses rives, elles portent la fécondité dans les régions qu'elles traversent; mais si elles viennent à franchir leurs digues, à droite ou à gauche, le fleuve devient torrent, et, au lieu de la richesse, il ne produit plus sur son passage que la dévastation et la ruine.

La question serait très simple si les deux rives étaient également sûres. L'une repose sur le granit de l'éternelle justice; mais l'autre a malheureusement des fondements moins solides.

Pour avoir une force légitime, les lois humaines doivent nécessairement découler des lois divines. Dieu seul a le droit de nous commander, et, pour que l'homme puisse le faire légitimement, il faut que ce soit au nom et conformément à la volonté du souverain Maître. Tout ce que les lois civiles ordonneraient de contraire, soit au droit naturel, soit au droit divin positif, n'aurait donc aucune valeur obligatoire. Au fond, une loi injuste n'est pas une loi. De même, une loi partiale. Portées pour le bien commun et non pour des intérêts particuliers, les lois doivent protéger tous les citoyens sans exception, et avec une sollicitude égale. Dans ces conditions, la loi oblige en conscience, et la liberté qui la viole devient révolte, tout comme la loi devient tyrannie lorsqu'elle viole la liberté.

Le bon usage de la liberté, quand il tourne en habitude, s'appelle vertu, dit Bossuet; et le mauvais usage de la liberté, quand il tourne en habitude, s'appelle vice. Nous ne sommes donc pas ici en présence d'une simple institution politique, et nous nous ferions une singulière illusion à nous-mêmes si nous nous imaginions avoir inventé la liberté. La liberté est plus vieille que nous et que le monde. Elle existe en Dieu, qui est éternel et qui l'accorda à l'homme en lui faisant don de la précieuse et redoutable puissance de choisir entre le bien et le mal.

Ce qui est d'invention humaine, par exemple, c'est la servitude en bas et la tyrannie en haut. Les peuples, ayant peu à peu perdu de vue leur haute et commune origine, en étaient venus à cette dégradation suprême : l'esclavage. Sous les républiques, comme sous les monarchies de l'antiquité, l'homme était devenu par état la propriété de l'homme, et se trouvait ainsi ravalé au rang des animaux domestiques. Qui vint briser les chaînes de l'esclave et lui rendre la liberté? Ce fut le Christ. Quand donc les législateurs modernes introduisent ce mot dans leur programme gouvernemental, ils ne font que copier le Code de celui qui fut deux fois notre Sauveur.

Un poète chrétien, chantant les malheurs de la Pologne, débute ainsi :

Sur les débris de Varsovie,
Un soir l'on vit deux blanches sœurs,
Les deux anges de la patrie,
S'embrasser en versant des pleurs.

Ces deux anges de la patrie, toujours unis et toujours chargés de veiller ensemble au bonheur des nations; ces deux blanches sœurs qui, au moment d'être séparées par la violence, pleurent en se donnant le baiser d'adieu, vous les avez reconnues, Messieurs, et, avec le poète, vous les avez saluées par leurs noms : c'est « la liberté sainte » et « la douce foi, fille de Dieu »!

II

Les protestations en faveur de la liberté ne manquent pas dans notre cher pays; et pourtant on accuse volontiers les Français d'avoir une préférence pour l'égalité et de la faire passer avant tout, même avant la liberté. Ce doit être là une petite calomnie, car, malgré toutes les tentatives faites, depuis un siècle, pour implanter l'égalité sur notre sol national, les inégalités conventionnelles ont toujours un singulier attrait à nos yeux.

M. Le Play, dont les remarquables travaux commencent à se vulgariser grâce à la *Réforme sociale* et sont appelés à produire des fruits immenses dans la société moderne, assure que, entre les nations européennes, la moins portée à l'égalité par tempérament, c'est la nôtre. Il le prouve spirituellement par des faits; notre goût pour les titres de noblesse vrais ou usurpés, pour les décorations de toutes nuances, pour les places d'honneur ou de faveur, partout, même dans les lieux destinés à la prière. Et il fait remarquer, non sans malice, que les plus friands de ces distinctions diverses, ce sont ordinairement les parvenus.

C'est là, sans doute, une faiblesse de notre caractère; mais peut-être est-ce aussi une preuve que l'égalité n'appartient pas à l'essence même de la nature humaine et que, pas plus que la liberté, elle ne peut, en tous cas, être prise dans un sens absolu.

Dieu a créé tous les hommes égaux, et nous sommes ainsi tous égaux devant sa loi éternelle : voilà le principe, la base de la vraie égalité. Si donc il plaît à un peuple d'ajouter cet élément à son organisation sociale, qu'il déclare hautement que tous les citoyens sont égaux devant la loi; il imitera de la sorte le divin Législateur. Mais, en dehors de cette égalité légitime et pratique, on ne voit plus guère que des utopies puériles ou dangereuses.

Nous ne perdrons pas ici notre temps à parler de certaines conceptions malsaines dont le moindre inconvénient, si elles étaient réalisables, serait d'enlever tout stimulant au travail en supprimant la crainte du besoin et l'espérance d'un gain rémunérateur. Egaux par nature, les hommes ont chacun des aptitudes propres qui ne peuvent être les mêmes chez tous. Tel individu est plus intelligent, tel autre est plus actif. D'ailleurs, souvent impraticable parmi les citoyens dans leurs rapports entre eux, que devient l'égalité dans les rapports du simple individu avec ceux que l'organisation civile a placés au-dessus de lui? L'autorité est plus importante que la liberté; de même, il est une chose qui doit passer avant l'égalité : c'est la hiérarchie.

Ainsi délimitée, l'égalité contribuerait efficacement au bien commun si elle n'était trop souvent détruite par ceux-là mêmes qui sont appelés soit à la protéger, soit à en jouir.

Il serait superflu d'expliquer comment on peut manquer à son devoir quand on est chargé de faire régner l'égalité entre les citoyens ; mais il n'est pas inutile de signaler ce prétendu amour de l'égalité qui, dans les degrés inférieurs de l'échelle sociale, n'est souvent qu'un masque de l'envie. Au lieu de chercher à s'élever par la vertu et le travail au niveau de ceux qui y ont conquis un meilleur rang, l'envieux trouve plus commode de les tirer à lui pour les abaisser à sa propre dégradation. C'est l'histoire de ce tyranneau qui, petit de taille, s'avisa un jour de faire raccourcir toutes les têtes dépassant la sienne, sous prétexte de détruire les inégalités qui existaient entre lui et ses sujets.

Il n'y a qu'un moyen d'établir l'égalité dans une société libre : c'est d'apprendre aux grands à respecter la dignité des petits, et aux petits à se contenter de l'humble place que la Providence leur a faite au soleil, en attendant les compensations promises dans un monde plus heureux; or, ce double enseignement, personne encore, jusqu'ici, n'a su le donner avec l'autorité qui le rend efficace, sinon le Précepteur du saint évangile. Celui qui s'élève sera abaissé, dit-il aux puissants; puis, aux pauvres jeteurs de filets qu'il a choisis pour apôtres, il adresse ces autres paroles qui rétablissent à jamais la véritable égalité sur la terre : « Vous êtes mes amis. »

III

En donnant à ses disciples un nom plus doux encore, celui de frères, Jésus a rétabli, d'autre part, la fraternité parmi les hommes.

La fraternité, voilà un mot qui doit être surpris de se trouver sur un programme de gouvernement; car enfin, si l'Etat peut, à la rigueur, décréter la liberté et l'égalité, on ne voit pas comment il pourrait imposer la fraternité. Ce n'est que dans les œuvres d'imagination qu'on peut dire : aime ou meurs! La fraternité est un sentiment et une vertu, deux choses qui font partie du domaine inviolable de la conscience et qui, par conséquent, ne sauraient être ni imposées ni réglementées. Il n'en faut pas moins louer les bonnes intentions du représentant de l'autorité qui, à l'exemple du divin Magistrat, dit à ses administrés : Mes enfants, aimez-vous les uns les autres.

Car il ne s'agit point ici, j'espère, de cette solidarité farouche qui, à une heure marquée, réunit les foules, leur souffle la révolte et les insurge contre tout ce qui est autorité, fortune, grandes industries; c'est là la fraternité de la haine. Il s'agit bien de la fraternité de l'amour, celle qui unit, non les bras, mais les cœurs, et dont l'évêque de Meaux a dit : Dieu a établi la fraternité des hommes en les faisant tous naître d'un seul qui, par cela, est leur père commun et porte en lui-même l'image de la paternité divine.

Cette parenté universelle n'a d'autres règles que l'antique précepte : Ne fais pas à autrui ce que tu ne voudrais pas qu'on te fît, et fais à autrui ce que tu voudrais qui te fût fait. Formule que l'Évangile a précisée et rajeunie en disant : Tu aimeras ton prochain comme toi-même. Ici, pas de digues à élever contre les débordements possibles; des frères ne sauraient jamais se trop aimer entre eux. Tout au plus doit-on faire une réserve, non sur le fond, seulement sur la forme, quand il est question des sentiments des inférieurs à l'endroit des supérieurs. Mais si la loi, qui maintient la liberté et l'égalité dans certaines limites, n'a pas à intervenir pour modérer la fraternité, elle peut malheureusement intervenir pour en entraver l'exercice.

La France n'aime peut-être pas la liberté comme l'Angleterre; peut-être aussi ne pratique-t-elle pas non plus l'égalité comme l'Amérique; mais ni l'Amérique, ni l'Angleterre, ni aucune nation au monde n'est comparable à la France quand il s'agit de la fraternité, c'est-à-dire du dévouement. Chez nous, il suffit qu'une infortune soit signalée au public pour qu'aussitôt toutes les bourses s'ouvrent et versent l'aumône, sans compter. Et nos œuvres charitables? elles se nombrent par centaines; il y en a pour tous les besoins : pour l'enfant dans son école, pour le pauvre dans sa mansarde, pour les malades dans les hôpitaux, pour les malheureux sans abri, à toute heure de la nuit comme du jour; et ces Français et ces Françaises qui se dévouent de la sorte ne demandent, en retour de leurs sacrifices, que le pain quotidien. Voilà ce qui se voit en France et nulle part ailleurs, du moins au même degré.

Or, quelle ne doit pas être la satisfaction de l'État dans un pays où la meilleure partie de son programme est exécutée avec une générosité pareille? Sans nul doute, il ne gênera en rien le fonctionnement de tant d'œuvres admirables; et non content de laisser faire, il aura à cœur de les seconder de tout son pouvoir, heureux de montrer qu'il est lui-même père et qu'il veut le bonheur de ses enfants; autrement, on se demande ce que fait le mot de fraternité, ainsi exposé aux regards publics comme une ironie? Que si, dans l'antique arsenal de nos lois, il s'en trouve quelqu'une qui empêche l'autorité d'être conséquente avec ses principes, on se demande encore pourquoi ladite loi n'est pas supprimée, comme sont supprimés, dans l'armée, ces vieux fusils qui ne peuvent et ne doivent plus servir? On se demande enfin si l'État et la loi ne sont plus faits pour favoriser le bien et veiller sur tous les droits, en particulier sur ceux que donnent à chacun, dans la société moderne, les trois mots que nous avons essayé d'expliquer?

IV

Pour résumer ces explications et les compléter en même temps, nous allons, si vous le voulez bien, remonter ensemble jusqu'à l'année 1848 et nous mêler par la pensée à l'auditoire de l'orateur de Notre-Dame. Là, nous entendrons une grande parole qui sera pour nous une grande lumière, arrivant doublement à propos, et pour notre sujet et pour les besoins de l'heure présente.

Traitant de l'homme en tant qu'être social, le P. Lacordaire s'exprime ainsi :

« Il y a peu de jours, Messieurs, vous avez gravé sur les monuments de votre capitale cette inscription mémorable : *Liberté, égalité, fraternité.* C'est bien, en effet, une partie de la charte primitive qui a uni les hommes entre eux et fondé le genre humain; mais ce ne l'est pas tout entière. C'est la charte des droits, non celle des devoirs. Or, l'homme vivant en société ne peut pas plus se passer de devoirs que de droits. Si la liberté lui est nécessaire pour rester une créature morale, pour ne pas être étouffé dans les étreintes d'une domination exagérée et injuste, l'obéissance lui est nécessaire aussi pour se soutenir, à l'aide d'une loi commune et sacrée, au foyer vivant qui le fait une nation. Si l'égalité lui est nécessaire pour ne pas déchoir du rang où Dieu l'a placé par une origine qu'il partage avec tous ses semblables, la hiérarchie lui est nécessaire aussi pour ne pas tomber, faute d'un chef et d'un commandement, dans l'impuissance de la dissolution individuelle. Si la fraternité lui est nécessaire pour qu'un sentiment de confiance et d'amour élargisse les liens étroits de l'ordre social, pour que l'humanité demeure une grande famille issue d'un père commun, la vénération lui est nécessaire aussi pour reconnaître et affermir l'autorité de l'âge, la magistrature de la vertu, la puissance des lois en ceux qui en ont le caractère, soit comme législateurs, soit comme souverains. Écrivez donc, Messieurs, si vous voulez fonder de durables institutions, écrivez au-dessus du mot de liberté le mot d'obéissance, au-dessus du mot d'égalité le mot de hiérarchie, au-dessus du mot de fraternité le mot de vénération, au-dessus du symbole auguste des droits le symbole divin des devoirs. »

Obéissance, hiérarchie, vénération, telle sera la devise que vous inscrirez pour votre part, jeunes gens, sur la première page du livre de votre vie. A une époque où l'on ne parle que de droits à revendiquer, elle vous rappellera qu'ici-bas nous avons surtout des devoirs à remplir; au milieu des débordements de la licence appelée liberté, de l'insubordination appelée égalité, du mépris égoïste de tout respect appelé fraternité, cette devise sera la lumière qui dirigera vos pas et la force qui les maintiendra sur le chemin de la saine morale et de l'honneur chrétien.

V

La conclusion de ce discours est bien faite pour déconcerter les gens qui, n'ayant jamais lu l'Évangile, considèrent l'Église comme étant, en principe, l'ennemie de tout ce qui touche aux temps modernes. Il n'en résulte pas moins de ce qui précède que, non seulement l'inscription de nos édifices publics a été empruntée au christianisme, mais que cette sorte de programme ne peut être réalisé d'une manière utile au bien sans les vertus que le christianisme seul inspire.

Vous dites à l'esclave : Tu es libre ! Mais que fera l'esclave de cette liberté que vous lui donnez d'une main, si, de l'autre, vous brisez le lien moral par lequel le christianisme a remplacé ses chaînes ?

Vous dites au serviteur : Tu es l'égal du maître ! Mais que fera le serviteur de cette égalité, si vous détruisez la sage subordination par laquelle le christianisme a remplacé le règne de la loi du plus fort ?

Vous dites au pauvre : Tu es le frère du riche ! Mais que fera le pauvre de cette fraternité, si vous supprimez les diverses incarnations du dévouement par lesquelles le christianisme a remplacé l'universel égoïsme d'autrefois ?

On aura beau dire et beau faire, la morale chrétienne sera toujours indispensable pour maintenir les mauvaises passions et rendre raisonnable cet enfant éternellement mineur qu'on appelle le peuple ; et quand on parle de séparer ces deux grandes choses, la religion et la société, ou l'on ignore la portée de ses paroles, ou l'on n'est pas un bon citoyen. Détruisez le culte évangélique, dit Chateaubriand, et il vous faudra dans chaque village une police, des prisons et des bourreaux.

Il existe au sein de l'Église catholique une institution qui est un modèle achevé du gouvernement du pays par le pays : c'est la communauté religieuse. Là, sous une autorité issue du suffrage universel pratiqué avec intelligence et sincérité, fleurissent merveilleusement ces mêmes principes que les hommes politiques ont tant de mal à établir. La liberté : chaque membre de ce petit corps social suit de plein gré des constitutions qu'il a acceptées non moins librement ; l'égalité : il n'y a pas de différence, sous les cloîtres d'un couvent, entre l'humble artisan et le grand seigneur, et c'est souvent le grand seigneur qui obéit à l'humble artisan ; la fraternité enfin : tout est mis en commun parmi ceux qui se donnent précisément le nom de frères, et l'union des âmes y forme une source ininterrompue de mutuel dévouement.

Or, comment expliquer la conduite de ceux qui, au lieu de l'imiter, s'acharnent à détruire un si parfait exemplaire, en miniature, du gouvernement de leur choix ? Dans cent ans d'ici, nos arrières-neveux se poseront la même question, et, pour y répondre, ils ne seront pas moins dans l'embarras, on peut le craindre, que les savants de tout à l'heure en présence de certains hiéroglyphes égyptiens !

Toulouse, imp. DOULADOURE-PRIVAT, rue Saint-Rome, 39 — 2195

www.ingramcontent.com/pod-product-compliance
Ingram Content Group UK Ltd.
Pitfield, Milton Keynes, MK11 3LW, UK
UKHW020411250726
13967UKWH00006B/2576

9 782012 396333